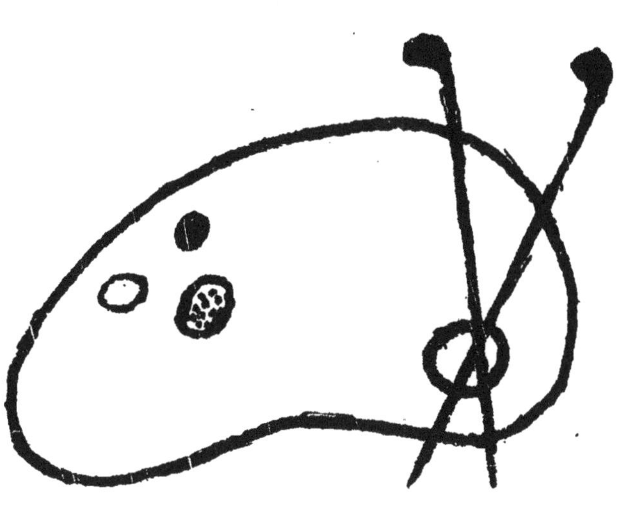

Couvertures supérieure et inférieure
en couleur

JULES CLARETIE
de l'Académie française

BOUDDHA

ILLUSTRATIONS
PAR ROBAUDI

PARIS
LIBRAIRIE L. CONQUET
5, RUE DROUOT, 5
1888

BOUDDHA

Texte imprimé par A. Lahure
Eaux-fortes par Charles Chardon

JULES CLARETIE
de l'Académie française

BOUDDHA

1 FRONTISPICE
ET 10 VIGNETTES DESSINÈS
PAR ROBAUDI
Gravés par A. NARGEOT

PARIS
LIBRAIRIE L. CONQUET
5, RUE DROUOT, 5

1888

I

Sur le balcon du Cercle des Armées de Terre et de Mer, en achevant leur café, ils causaient, se retrouvant là après des mois et des mois, des mois d'exil, de maladie, de batailles, de blessures. En tête-à-tête, dans le délicieux bavar-

dage du premier cigare, après le café,
les deux camarades souriaient, évoquant
les années enfuies, les souvenirs de
l'École, les promenades militaires, les
jours de sortie, d'examen ou d'esca-
pade, et la première épaulette et la dernière revue, la revue d'hier, à Longchamps, devant les tribunes, ce défilé
des *Tonkinois* sous les acclamations
d'une foule, les sourires des mères, les
bravos des anciens, les larmes des
femmes.

Tous deux décorés de la Légion d'honneur, l'un des deux amis, la taille fine
serrée dans la redingote bourgeoise, regardait, sur la tunique bleu de ciel des
officiers de turcos que portait son cama-
rade, la médaille d'argent qui pendait au
bout du large ruban semé de vert clair et
de jaune, avec ses noms barbares repré-
sentant deux ans de sacrifices, deux ans

d'héroïsme : Son-Tay, Bac-Ninh, Fou-Tcheou, Formose, Tuyen-Quan, Pesca-dores ; — et tout en fumant, il se disait qu'il en avait fallu du sang de braves gens, Africains, Alsaciens, Bretons, Ber-richons, petits troupiers, fantassins, fu-siliers marins, chasseurs à cheval, sol-dats du train, et tant d'autres, tant d'autres, pour écrire là, sur une médaille d'argent, ces deux dates : 1883-1885, et les quarante-huit lettres de ces six noms de victoires !

L'officier de turcos — vingt-huit ou trente ans, blond, gai, souriant, la joue bronzée à peine par le hâle de la mer et du vent d'Asie — regardait devant lui, le coude appuyé sur la balustrade du balcon en fer forgé. Il regardait devant lui et se sentait heureux de vivre, hu-mant l'air plus frais de ce soir d'août après une journée chaude.

Un brouhaha de fiacres, d'omnibus, un vague murmure de voix montaient de l'Avenue de l'Opéra comme un lointain bruit de houle, et là, sous ses yeux, comme un décor, se découpait sur le ciel tout bleu la masse blanche de l'Opéra, éclairée fantastiquement par la lumière électrique, l'Opéra, illuminé, avec des silhouettes noires allant et venant sur les marches, et les deux groupes sculptés se détachant avec de vagues reflets d'or, tandis que l'Apollon géant se perdait plus haut, dans le bleu noir, comme une ombre géante.

Et c'était une féerie pour l'exilé, retour d'Asie, de respirer cette atmosphère de Paris, cet air, ce bruit, cette poussière de Paris; il se détournait, pour regarder, après l'Opéra, la double file de lumières de l'avenue aboutissant, là-bas, à une autre masse lumineuse dont les traînées de gaz flambaient au loin : la Comédie-Française. Tout Paris dans un coin de Paris! Le boulevard à deux pas, là, sous son regard, et des passants, et des voitures, dont les lanternes filaient comme des lucioles, et des femmes en toilettes claires, et la griserie d'un soir d'été, avec la caresse molle d'une chaleur qui tombe et le sourd murmure indistinct de la foule, ce murmure fait de causeries, de rires, de propos envolés, perdus comme cette fumée de cigare....

... Et pendant un moment il restait là, appuyant sa tête au dossier de la chaise cannée, comme se laissant aller sur un rocking-chair; et il n'écoutait rien, n'entendait rien, ni le bruit mâle des voix des camarades qui arrivait jusqu'au balcon par les fenêtres ouvertes du Cercle, ni les causeries des voisins, attablés près d'eux sur le balcon et prenant le kummel.

— Alors, dit brusquement le jeune homme en habit bourgeois, il te plaît toujours, ce diable de Paris?

— S'il me plaît?

Et le turco leva la main avec une sorte de respect passionné, un geste de vénération ardente, comme s'il se fût agi d'une femme.

— C'est-à-dire que je le trouve plus adorable que jamais! Je ne sais pas, vrai, je ne sais pas comment on peut vivre loin de lui! Je me demande comment j'ai pu passer sans mourir d'ennui mes années de campagne. Et quand je pense que je l'ai quitté, ce Paris, pour Alger et le Tonkin avec une joie de collégien échappant au *bahut!* Parisien jusqu'aux moelles, moi, et cependant promenant mes os un peu partout, quitte à les laisser un jour quelque part! Mais, parole d'honneur, il n'y a que Paris au monde! Tiens, il n'y a pas de paysage d'Asie, de nuit d'Algérie, rien qui vaille cette carte d'échantillon que nous voyons d'ici!... Oui, là, ces affiches!

Il montrait du doigt, à l'étalage de l'Agence des Théâtres, les affiches jaunes, bleues, saumon ou roses, et les placards enluminés de coloriage, qui donnaient les titres des pièces qu'on jouait le soir, les programmes illustrés de l'Hippodrome ou de l'Éden.

— Ce coin de paysage-là, mon cher Roger, ça vaut tous les autres!... Ah! les théâtres! Quand on a été voir jouer, sur le théâtre d'Alger, la *Favorite* ou la *Mascotte*, par de vénérables personnes à qui on pourrait distribuer la Guanhumara des *Burgraves*, et qu'on a essayé d'avaler les drames chinois que les acteurs d'Hué dévident pendant des jours et des jours, comme un rouleau sans fin, — les drames en trois soirées du père Dumas sont des levers de rideau à côté de ça ; — quand on a été sevré des acteurs de Paris, si tu savais ce que ces bouts d'affiches contiennent de promesses et d'allèchements !...

L'officier s'arrêta, laissant un moment sa pensée se fondre comme son londrès, puis tout à coup il se redressa brusquement sur sa chaise. Par-dessus le bourdonnement des chars et le bruit de houle des passants, un air sautillant et vif, un air d'opérette enlevé gaiement sur un piano, venait à lui, comme une bouffée de vent, par quelque fenêtre ouverte.

— Tiens ! dit-il, l'air de *Bouddha !...*

— Bouddha ?

— Oui, dans l'opérette des Nouveautés, la *Petite Mousmée,* tu sais bien....

— Non.

— L'air que chantait Antonia Boulard.

— Ah! ah! Antonia! Encore!

— Toujours, fit le turco en essayant de sourire. Quoique... si tu savais, mon cher!

Il s'arrêta encore, écoutant toujours l'air pétillant qui montait vers lui comme une mousse de champagne au haut du verre, et, instinctivement, ses doigts battant la mesure sur la table de marbre, il se laissait aller à murmurer le fredon d'autrefois, le couplet de la petite mousmée d'Yokohama, amoureuse du dieu Bouddha :

> Ah! Bouddha, Bouddha,
> Mon petit Bouddha,
> Que tu m'as fait de la peine!
> Bouddha me bouda
> Le cruel Bouddha!
> Je l'implore à perdre haleine!
> Ah! Bouddha,
> Cher Bouddha,
> Doux Bouddha...

Et pendant qu'il murmurait, dans sa moustache blonde, le couplet de l'opérette oubliée, — du succès parisien d'il y avait trois hivers, — le joli garçon rieur devenait sérieux; lentement une ride se creusait entre ses sourcils, et son œil bleu, son œil franc, clair et bon, s'emplissait comme d'un voile de brume.

Bouddha me bouda,
Le cruel Bouddha....

— Est-ce drôle, dit-il tout à coup en s'interrompant, il m'énerve maintenant, ce refrain-là! Et je l'ai tant chanté et rechanté là-bas!... Bouddha! Je ne t'ai pas dit l'histoire du Bouddha d'Antonia?... Non?... Comique et triste, cette histoire-là, mon cher!... Antonia!... Ah! la jolie fille!... Et bonne fille! Grande, blonde, gaie, des dents de mangeuse, des lèvres de joyeuse, tout cela appétissant, sain et solide!... Nous avions commencé par nous détester, je ne sais pas pourquoi. Un souper, au Cercle, après une revue de fin d'année, où elle avait figuré je ne sais quel personnage... le Nouveau Timbre-poste ou le Détective dans l'embarras.... Placée à côté de moi.... J'avais voulu faire de l'esprit, elle ne m'avait pas trouvé drôle et me l'avait dit. Six mois après, nous nous adorions. Quand je dis nous, moi je l'adorais. Elle ne me détestait probablement pas. Bonne créature, Antonia! Et campée!... Du reste, tu la connais.

— Par les photographes.

— Ça suffit. J'étais détaché au ministère de la guerre. Beaucoup de temps à moi. J'ai vu quatre-vingts fois de suite la *Petite Mousmée*, l'opérette japonaise à laquelle avait collaboré Yamato, le chargé d'affaires du Japon. Très gentille dans la *Petite Mousmée*, Antonia! Sa robe de soie bleu ciel à fleurs jetées lui collait comme à la peau et la moulait comme ces voiles mouillés que les sculpteurs jettent sur leur terre fraîche. C'était, mon cher, sous cette caresse du satin, la femme même, la femme attirante, vivante, avec sa beauté impérieuse et saine, que le public avait sous les yeux. Les marchands de lorgnettes ont dû faire leurs frais. Et de cette robe bleue une nuque blanche sortait, un cou élégant mis à nu par les cheveux relevés en bloc, et retenus, au haut de la tête, par une grosse épingle d'or. Les oreilles charnues, les joues à fossettes, les lèvres, le rire d'Antonia, ont été pour cinquante pour cent dans le succès de la *Petite Mousmée*. Quant à Lafertrille, qui jouait Bouddha, jamais il n'avait été plus drôle. A propos, de quoi est-il mort, Lafertrille?

— De la maladie moderne : l'ataxie locomotrice! Trop de petites mousmées. Et quand il est mort les chroniqueurs ont dit : « Encore un qu'on ne remplacera pas! » Et maintenant Galivet a repris les rôles de Lafertrille, et qui parle de Lafertrille maintenant qu'on a Galivet? Galivet est gras, Lafertrille était maigre. Voilà toute la différence, le public s'en moque! Il se moque de tout, le public!

— Je ne connais pas Galivet, mais j'ai vu Lafertrille jouer Bouddha de la première à la dernière. Le tour de *Bouddha* en quatre-vingts soirs! Et quand c'était fini, *Bouddha*, avec quelle joie j'emportais « ma mousmée » à moi, fouette cocher, au grand galop, vers son petit hôtel de l'avenue Kléber!... Le coupé traversait la place de la Concorde presque déserte, montait rapidement les Champs-Élysées, où d'autres coupés à

duos passaient emportés aussi, et le
temps me paraissait si long, si long,
quoique j'eusse près de moi, la tête sur
mon épaule, — ou moi la serrant de
mon bras passé sous son manteau, — la
jolie blonde que toute une salle lorgnait
tout à l'heure, et qui me fredonnait
très bas, pour moi seul, comme un petit
murmure caressant, le couplet bissé
par les boulevardiers :

> Mon petit Bouddha,
> Que tu m'as fait de la peine !

Je trouvais la route longue, et, arrivé,
je regrettais presque cette sensation
délicieuse d'un tête-à-tête au fond d'une
voiture avec une créature que tout Paris
enviait, et que quelqu'un, à la lueur du
gaz, pouvait presque reconnaître du
fond d'un de ces coupés qui nous croi-
saient. C'est étonnant ce qu'il y a de

grains de vanité au fond de l'amour !... Et pourtant, vrai, j'aimais Antonia pour tout de bon.

Elle était folle des japonaiseries. Elle prenait son opérette au sérieux. Elle voulait qu'autour d'elle, bibelots et soieries, tout fût du *temps*, du *temps* de Bouddha Ier. Je dévalisais les boutiques de vendeurs de *netzskés* pour peupler de drôleries ses étagères, et je me rappelle sa joie, sa joie d'enfant lorsque j'arrivai, un soir, précédant un commissionnaire qui portait sur ses bras, comme une nourrice son nourrisson, un gros Bouddha doré que j'avais découvert au fond d'un magasin de bric-à-brac, rue des Martyrs ! Ah ! le beau Bouddha ! Presque grandeur nature, mon cher, accroupi, les mains jointes, tout doré, mais d'un or rouge à reflets sanglants, d'un ton tout particulier qui rappelait le cuir de

Cordoue et les faïences mezzo-arabes,
un Bouddha au crâne rose, et dont la
bonne figure paterne, les yeux mi-clos
et le sourire béat, un sourire indulgent
et las, illuminait une face luisante avec
une paire d'oreilles longues d'ici à demain !...

Quand elle l'aperçut tout luisant d'or
rouge entre les mains du commissionnaire ; quand elle le vit apparaître sous
la portière de soie de Chine soulevée,
Antonia salua le Bouddha d'un grand
cri d'enfant joyeuse suivi d'un long éclat
de rire :

— Ah ! Bouddha ! Voilà Bouddha !...
Vive Bouddha !

Et elle frappait dans ses mains, elle
me sautait au cou.

— Mon petit Edmond ! Oh ! comme tu
es gentil !... Un Bouddha !... Ça me manquait ! Il ne ressemble pas du tout à

Lafertrille, du tout, du tout!... Il est joliment mieux! Où le mettrons-nous?... Parbleu, là, sur la cheminée.... Je ferai faire une planchette.... Ah! le beau Bouddha!

Puis, avec des airs respectueux, elle s'avançait vers le Bouddha que nous avions posé sur la table, et, prenant les poses de la petite mousmée:

> Ah! Bouddha,
> Cher Bouddha,
> Doux Bouddha!

Elle chantait de sa voix de théâtre, s'interrompant tout à coup parce que je riais, pour me dire:

— Au fait, tu sais, Edmond, c'est peut-être le vrai Dieu!

Elle vida son porte-monnaie dans les mains du commissionnaire, et nous dînâmes, ce soir-là, en tiers avec ce brave Bouddha doré, posé sur la table et qui

nous contemplait de son air calme, gra-
vement. Au dessert, Antonia voulut lui
faire boire du champagne. Bouddha con-
serva sa dignité et nous allâmes aux
Nouveautés en riant beaucoup de notre
invité en or rouge. Jamais Antonia ne
chanta mieux que ce soir-là les couplets
de la *Petite Mousmée*.

II

Et dès lors, Bouddha, mon Bouddha de la rue des Martyrs, devint le dieu de cette jolie bonbonnière de l'avenue Kléber, que ma petite bouddhiste voulait rendre japonaise du rez-de-chaussée au grenier. Antichambre japonaise avec deux vieux griffons de bronze à l'entrée, salle à manger japonaise tendue de rouleaux peints par un décorateur du Mikado, chambre japonaise, salle de bain japonaise.... Tout au Japon! Et dans ce délicieux paradis japonais, une déesse bien vivante emplissant tout l'hôtel, — prononce a u, au, autel, si tu veux, — de son rire, de son parfum de femme, de sa jeunesse et de sa gaieté, — et un dieu silencieux et indulgent bénissant nos amours sans rien dire!

Ah! le bon Bouddha, le *doux Bouddha*, comme disait la chanson!... Il trônait au milieu du salon, sur la cheminée, comme dans une pagode. On avait drapé son socle, encadré la glace, et Bouddha rayonnait là, rouge et or, comme un soleil d'automne. Je le saluais avec amitié. J'en étais arrivé à le considérer comme un hôte du logis, un habitué, un vieux parent. Antonia lui donnait de petits tapes câlines sur ses joues cuivrées. Bouddha veillait sur nous, toujours digne.

Un soir... ah! le diable soit des femmes, même les meilleures!... Antonia était nerveuse.... Elle s'était, pour parler comme elle, *attrapée* à la répétition avec Lafertrille.... Aimé des femmes, mais mal élevé, Lafertrille! Il avait traité Antonia du nom de l'oiseau qui plaisait si peu à Ibicus. Antonia avait répliqué qu'en fait de *grues* la grande Stella pouvait compter pour deux.... Cette grande Stella, qui donnait en ce temps-là à Lafertrille l'illusion de l'amour, était alors survenue. Tapage, duo de Mme Angot, un régisseur affolé, Lafertrille embarrassé, le directeur agacé.

Bref, Antonia était revenue d'une humeur massacrante.

— Cet imbécile de Lafertrille! Cette intrigante de Stella! Et cet autre *empoté* qui ne disait rien!

L'*empoté*, c'était le régisseur.

— Ah! il est propre, Bouddha! Avec ça qu'il le joue bien, Lafertrille! Il n'est pas plus Bouddha que toi!

C'était à moi qu'elle parlait, Antonia, et en présence du Bouddha doré, « qui était peut-être le vrai Dieu! »

— Lafertrille est, en tout cas, moins Bouddha que celui-ci! dis-je en essayant de rire.

Je n'aimais pas beaucoup ce Lafertrille. Un instinct. Si Antonia en voulait à la grande Stella, Lafertrille, bourreau des cœurs, y était peut-être bien pour quelque chose. Je ne l'ai jamais su. Passons. Toujours est-il que lorsque j'eus

comparé à Lafertrille le pauvre et bon
Bouddha de la rue des Martyrs, Antonia
se mit aussitôt dans une colère ! Et
comme si le Bouddha des Nouveautés
eût été là, et le régisseur, et la grande
Stella, et les petites camarades, elle
s'avança vers mon Bouddha à moi et,
lui mettant le poing sous le nez :

— Oh ! toi, tu sais, tu es aussi bête
que l'autre !

Pauvre Bouddha, va !

Je ne sais pas pourquoi, mais l'injure
me parut injuste, imméritée, et moitié
sérieux, moitié riant, je me mis à plai-
der la cause de Bouddha, le vrai Bouddha !
Voyons, était-ce sa faute à ce Bouddha,
si Lafertrille était un insolent, et si la
grande Stella se montrait si mal embou-
chée, — quoiqu'elle eût une jolie bouche,
Stella....

— Une jolie bouche ? Et où as-tu vu

ça ? Grande comme un four, sa bouche ! On y passerait la tête ! Ah çà ! mais, tu vas la défendre aussi, toi, Edmond !

— Moi ? pas le moins du monde !

— Si, tu la défends ! Si, tu la défends ! Une jolie bouche ; et de jolis cheveux aussi, n'est-ce pas ? Elle en a quatre, un de plus que Cadet Roussel, quatre qu'elle teint avec du henné, et le reste elle se le fournit chez Loisel !... Une jolie bouche, Stella ? Non, vous autres hommes, vous êtes tous des imbéciles, tenez, vous vous laissez prendre à la première grue venue.... Oui, j'ai dit grue.... Je te croyais moins bête que les autres.... Tu es aussi bête que Lafertrille.... Une jolie bouche ! Stella !... Un four, je te le dis, un four !

— Voyons, Antonia, ma petite Antonia....

J'essayais de la calmer. Je tâchais de rire.

—Tiens, Antonia, j'en atteste Bouddha.

— Bouddha ?

Elle allait et venait par le salon, les bras croisés, les doigts de sa main droite battant sur son coude gauche une marche rageuse, et, de temps à autre, elle secouait, pour chasser les mèches blondes qui lui fouettaient le visage, ses beaux cheveux lourds mal attachés.... Ah ! mon ami Roger, qu'elle était jolie !

Elle vint se planter toute droite devant la cheminée, regarda le malheureux Bouddha, impassible dans sa pose hiératique, et avec un accent de mépris si drôle que je ne pus retenir cette fois un éclat de rire :

— Un Bouddha ? Ce poussah-là ? Il est aussi bête que Lafertrille !

Je te dis que je riais. Je riais trop, probablement. Antonia en devint furieuse. Bonne fille, Antonia, mais le sang

aux yeux avec une facilité! Elle n'admettait pas que je pusse rire. Elle
n'admettait pas que mon Bouddha, salué
d'acclamations joyeuses lorsqu'il avait
apparu, étincelant entre les bras du
commissionnaire auvergnat, ne fût point
odieux à regarder et stupide à manger
du foin.

Et je défendais, toujours riant, le
Bouddha paisible et doux! Ah! ce que
mon rire exaspérait Antonia! Mon cher,
elle bondit tout à coup comme une pan-
thère vers la cheminée, allongea la main
pour gifler — cette fois furieusement —
le bon Bouddha, et.... — Ah! mon pauvre
ami, comme elle fut calmée d'un seul
coup! — et... patatras, Bouddha insulté,
Bouddha souffleté.... « Tiens, ton Bouddha! tiens, ton Bouddha! tiens! tiens!
tiens! » Bouddha chancela sur le socle
drapé et le front en avant, pauvre dieu

croulant sous l'injure, — de tomber là,
droit entre elle et moi!... Bouddha, cassé
en deux, le chef d'un côté, sur le tapis,
et les genoux sur le devant de marbre
blanc de la cheminée....

Brisé, Bouddha! Décapité, Bouddha!

Et, sur le tapis de Perse, la tête cou-
pée, roulant aux pieds d'Antonia, regardait encore, regardait toujours la jolie
fille, oui, la regardait de ses yeux clos à
demi, entre ses oreilles énormes, dont
l'une pendait, fendue comme celle d'un
cheval au rancart, et le rictus demeurait
impassible dans la face à reflets d'or.

— Pauvre Bouddha!

Toute la colère d'Antonia tomba devant
l'aspect lamentable de ce Bouddha guillotiné. — Ah! dit-elle.

Elle ne dit même que: *Ah!* Mais il y
avait de tout dans ce *Ah!* Du chagrin,
de l'étonnement, du remords. Elle joi-

gnait ses jolies mains ; elle contemplait, baissée à demi, là, par terre, le Bouddha sans tête, la tête sans corps ! — *Ah!*

Et je ne riais plus. Je l'aimais, ce Bouddha. C'était, je te l'ai dit, un ami. Il me semblait que je venais de perdre un être cher, que ce corps souffrait. Je ramassai le cadavre. Écaillé, l'or, çà et là, tombant par squames ; et la tête avec un trou au front et le nez cassé. Méconnaissable, mon pauvre Bouddha. Affreux, écrasé ! Plus laid encore que Lafertrille ! — *Ah!* disait toujours Antonia.

Elle murmura doucement, timide, un moment après :

— On pourra le recoller... peut-être !

Puis, repentante, et me prenant des mains la tête de Bouddha, qu'elle posa sur la cheminée avec cette précaution qu'on a toujours lorsqu'un malheur est arrivé :

— Oh ! vois-tu, j'en pleurerais !

Et elle allait pleurer, elle pleurait. Il y avait deux grosses larmes dans ses yeux. J'essayais de la consoler, tout en ramassant les débris de Bouddha, mais je n'y avais pas le cœur. Le massacre de cet innocent me navrait. Je cherchais des plaisanteries, je n'en trouvais pas.

— Qu'est-ce que tu veux, Antonia? Il n'y a pas qu'un Bouddha au monde, je t'en déterrerai un autre!

— Ce ne sera pas celui-là, dit-elle.

Jamais elle n'avait eu autant de justesse d'esprit, Antonia. C'était un peu tard, mais c'était fort juste: « Ce ne sera pas celui-là! »

Et *celui-là* faisait si bien sur la cheminée! L'or rouge s'harmonisait avec les soieries des Kakémonos. La taille de Bouddha était proportionnée avec les figurines japonaises qui grimaçaient drôlement, çà et là, sur les étagères et les meubles. Il était vraiment le centre, le président de ce congrès de dieux et de demi-dieux du pays bleu. Antonia, calmée, désolée, muette, restait comme abêtie devant sa victime. Elle était, comme la petite mousmée de l'opérette, veuve de ce Bouddha qu'elle avait exterminé !

III

Mon cher, nous pas-
sâmes des journées entières
à essayer de pâtes fantas-
tiques et de colles brevetées
sans garantie du gouverne-
ment, pour arriver à raccommoder le
Bouddha coupé en deux. Toutes les pâtes

furent inutiles. Et, d'ailleurs, essorillé
d'un côté et le nez écrasé au milieu
de la face, Bouddha, dont le revêtement
d'or s'écaillait comme une peau malade,
Bouddha lépreux, Bouddha devenu hor-
rible, ne pouvait plus figurer jamais,
never, never more, sur la cheminée de
la jolie fille. Quant à en acheter un
autre, à donner sur-le-champ un successeur au Bouddha de la rue des
Martyrs, non, non, non.... Antonia se
vantait d'être fidèle à ce qu'elle aimait.

— Fidèle?

Et je souriais, l'exaspérant par mon
doute.

— Oui, fidèle! Oui, fidèle! La preuve,
c'est que si tu m'apportais un nouveau
Bouddha, oui, tu entends, un nouveau,
je le jetterais par la fenêtre!

Et sur le nez épaté du Bouddha décapité elle posait ses bonnes lèvres fraîches

et baisait l'idole avec une passion éper-
due. Les femmes n'adorent peut-être,
mon pauvre ami, que ce qu'elles ont
cassé.

Du reste, le repentir et l'adoration ne
durèrent pas longtemps. A bien considérer son salon japonais, Antonia s'aperçut peu à peu qu'il fallait décidément
un ornement sur la cheminée. Le salon
manquait, disait-elle, de « point milieu ».
Elle avait dû, assez belle pour avoir fait
un modèle, accrocher cette expression-
là chez quelque peintre.

Pendant ce temps, les affaires s'em-
brouillaient vers l'Extrême Orient, et je
commençais à me lasser un peu de tenir
la plume au ministère et de ne pas
faire, au grand air, quelque exercice de
sabre. La fringale me prit d'aller quelque
part, au Tonkin, écouter, après les fre-
dons de *Bouddha*, le petit *pchttement* des

balles. Un soir, en arrivant chez Antonia, je lui dis, en essayant d'être gai, et il m'en coûtait de me séparer de la jolie fille :

— Ma petite Antonia, j'ai une nouvelle à t'annoncer ! Si tu veux un *point milieu*, tu n'as qu'à le dire. Je m'en vais au pays où ils poussent tout seuls, comme des champignons.

— Tu dis ?

— Je pars pour le Tonkin. Embarquement à Toulon. Si tu as envie de voir la Méditerranée....

Ah ! bonne fille ! Elle avait eu deux grosses larmes pour Bouddha décollé comme saint Jean-Baptiste. Elle en eut bien quatre pour moi, et aussi grosses, certainement.

— Edmond !... Comment ? tu pars, Edmond ? Tu me quittes ? Tu ne m'aimes donc pas ?

Je te passe la scène des larmes. Celle-là fut flatteuse pour mon amour-propre, et il fallait tout mon appétit de nouveauté et tout mon amour de la bataille et des Bouddhas authentiques pour laisser là le boulevard, les Nouveautés, Antonia et la petite chambre japonaise de l'avenue Kléber.... Mais si je te disais — chose curieuse — que cette grande et belle fille était si enfant, si enfant, que l'idée que je lui rapporterais de là-bas un Bouddha nouveau, un Bouddha tout neuf, la consolait un peu de me voir partir. Ça l'amusait, la pensée de me voir revenir tout bronzé en tenant entre mes bras, comme le commissionnaire auvergnat, un Bouddha doré !...

Elle avait eu la folle envie de m'accompagner jusqu'à Toulon. Voir la mer, manger de la bouillabaisse en Provence et ne me quitter que dans le canot ou

sur la passerelle. Ça valait bien une par-
tie à Bougival ou à Saint-Cloud ! Mais
voilà : le jour de mon départ, il y avait
aux Nouveautés lecture de la *Pipe cassée*,
et on collationnait les rôles le lendemain.

— Allons, c'est dit ! tu partiras sans
moi, mon petit Edmond. Tu comprends,
si je n'étais pas là, les auteurs, qui ne
pensent qu'à eux, donneraient le rôle
de Vadé à Stella.... Vadé !... un travesti !
je n'ai jamais joué de travestis ! Tu
penses si j'y tiens !

— Comment donc !

Et je partis seul pour Toulon, mon
vieux Roger. Mais avant de partir, dans
un petit cabinet des environs de la gare,
nous trinquâmes une dernière fois,
Antonia et moi, des lèvres et des verres,
à la santé du futur Tonkinois, à l'arrivée
du Bouddha nouveau et à la centième de
la *Pipe cassée !*... Je crois même, soit dit

entre nous, que, pleurant ou riant, Antonia parla beaucoup plus de son rôle de Vadé que de la guerre de Chine. Il y avait un personnage qui la taquinait, celui de Manon Giroux ! La grande Stella y avait un *effet,* mais un *effet !*... C'était elle qui cassait à coups de pommes la pipe dans la bouche de Vadé... Un *clou !*

Et puis, peu à peu, comme l'heure du train approchait, elle oubliait tout, Antonia, et Vadé, et Manon Giroux, et la *collation* du lendemain, et, se remémorant nos parties de plaisir, les bois de Viroflay, les auberges de Barbizon, les frileux retours du théâtre par les Champs-Élysées à demi déserts et les soupers dans la salle à manger japonaise et nos rires de l'avenue Kléber, doucement, doucement, dans l'oreille, elle me disait :

— Tu sais, si tu veux, la *Pipe cassée,* les Nouveautés, les auteurs, j'envoie

tout promener, tout, et je t'accompagne
à Toulon... au Tonkin!... où tu voudras.

Et elle se serait envolée, ma foi, ce
soir-là, quitte à me reprocher le lendemain de lui avoir fait *rater* le rôle de
Vadé! Et cela me flattait, ce mensonge
de la jolie fille se mentant à elle-même
sincèrement! Tout à coup un regard jeté
sur la pendule... « Ah! mon train!
Garçon, l'addition! Et ma valise! Et mes
livres!... Allons, ma petite Antonia!... »

Elle se pendait à mon bras, en allant
du restaurant à la gare. Elle voulait se
promener encore dans la grande salle
d'attente pleine de pas et de bruisse-
ment.... « Tu as encore cinq minutes...
deux minutes... une minute!... » Et au
seuil de la salle ouverte sur le quai, le
dernier baiser, le long baiser sans bruit,
amer et inoubliable avec son goût de

larmes ! « Vite, vite, Edmond, tu ne trouverais plus de coin ! »

Puis, doucement, tendrement :

— Mon Bouddha surtout ! mon Bouddha ! Ne l'oublie pas !

Ah ! Bouddha, Bouddha,
Que tu m'as fait de la peine !...

Elle voulut chanter, s'arrêta court, perdue, comme si elle étouffait, son mouchoir mouillé à ses lèvres, et je courus vers le train dont la vapeur sifflait, — écoutant, entendant toujours le refrain, le cher refrain de l'opérette tant de fois répété :

Bouddha me bouda,
Je l'implore à perdre haleine.

Et toute la nuit, toute la nuit, dans une sorte d'hallucination entre sommeil et fièvre, je revis les pauvres yeux d'Antonia gonflés comme son cœur, et le rictus placide du Bouddha brisé, et les pommes crues de Manon Giroux ; et, au-dessus du tic-tac du train et du halètement de la machine, l'air de *Bouddha* passait, sautillant, railleur, attendri, coupé par le sifflement des balles au-devant desquelles j'allais.... Combien de fois je devais le fredonner, jusqu'au retour, l'air de *Bouddha !*

Le lendemain, d'instinct, avant de m'embarquer, j'allai, poste restante, demander si quelque télégramme à mon adresse.... Eh bien, oui, il y en avait un, télégramme ! Daté de minuit. Antonia l'avait envoyé du Grand-Hôtel en sortant des Nouveautés. C'est bête, mon cher, mais si je te disais que, là-bas, je l'ai relu cent fois, comme un prêtre lit son bréviaire, ce papier bleu aux lettres drôlement imprimées :

« EDMOND DE LAURIÈRE

« *Toulon. — Poste restante.*

« Pense à Bouddha, mais pense à toi. Sois brave, mais pas imprudent. On pavanera (pour *pavoisera*) avenue Kléber, à ton retour. Emporte les meilleures tendresses de mon cœur. — ANTONIA VADÉ. »

Vadé ! Elle avait signé du nom de son rôle nouveau ! Vadé de la *Pipe cassée !* Elle pensait, en saluant l'ami d'hier, au *Clou* de demain ! Pauvre petite ! Mais je ne voyais qu'une chose : elle songeait à moi ; — et lorsque Toulon disparut au loin, au bout de la mer bleue, je relus ma dépêche, je l'épelai lettre à lettre, et pendant que des paysans bretons chantonnaient, sur le pont, je ne sais quelle complainte religieuse du Finistère ou du Morbihan, je portai le papier bleu à mes lèvres, et je murmurai la chanson de *Bouddha* — en pensant à celle qui ne pensait plus à *Bouddha* déjà et s'occupait de Vadé, rôle travesti, costume de Grévin !

IV

Je ne te raconterai pas
mes impressions du Ton-
kin. Ah! nous en avons vu!
Il y a eu, là-bas, mon cher,
jour par jour, des hé-
roïsmes et des faits d'armes qui
donnent de l'espoir au cœur. Et tout
ça si loin, sans nouvelles, sous la pluie,

dans la boue, avec la fièvre, le choléra, les rhumatismes, tout le tonnerre de chien de l'hôpital! La bataille, ce n'est rien; on se sent vivre quand on se moque de mourir. Mais la maladie bête, la dysenterie qui vous tord les entrailles, l'anémie qui vous mine, l'eau putride plus meurtrière que le canon... et la boue, mon cher, la boue, les défilés dans les rizières, les ciels bas et gris, la terre où l'on enfonce comme dans du beurre et qui vous retient comme un sable mouvant.... Et, avec cela, étape sur étape, marches et contremarches, des pièces d'artillerie embourbées et portées à dos d'homme par des chemins étroits comme des rubans.... Puis, quelquefois, des forêts à traverser, sans éclaireurs et sans cartes, des sentiers à se tracer à travers bois, à coups de hache.... Je te passe tout ça; c'est ennuyeux à subir, ces journées et ces nuits d'alerte et de fatigue, mais c'est amusant à évoquer.... J'ai souvent regretté ce mauvais temps, en fumant mon cigare! Atroce, la guerre, mais quelle gymnastique morale! Toutes les facultés de l'homme en éveil, et les meilleures : le courage, le dévouement, la décision, l'amour du prochain et l'amour du drapeau!

Pour en revenir à Bouddha, je l'avais depuis longtemps oublié, le Bouddha d'Antonia Boulard, et je me réservais — comme je l'avais dit — d'en déterrer un, au moment du retour, chez quelque brocanteur d'Hanoï.... J'en avais tant vu, de mes camarades, qui faisaient provision de bibelots par avance, et qu'une balle couchait en chemin! On expédiait dans quelque caisse, à la famille, leur pantalon rouge, leur portefeuille et les rouleaux de papier de Chine achetés çà et là, et achats et défroque, tout partait, roulé en un paquet, pour France. L'idée de me fournir par avance d'un Bouddha que je pourrais abandonner en route avec ma carcasse ne me souriait pas beaucoup.... Oui, au retour, je m'en occuperais, au retour !

Et, en attendant le retour, nous nous enfoncions chaque jour plus avant du côté de la frontière de Chine, allant vers Lang-Son, qu'il fallait emporter et que nous aurions occupé depuis des mois sans le guet-apens que tu connais.... Lang-Son enlevé, nous pouvions nous y croire en grande halte, lorsque, au milieu de février, le général reçoit de Tuyen-Quan des nouvelles dures.... Les Chinois tenaient là-bas, comme à la gorge, la petite garnison du commandant Dominé, et, pied à pied, attaquaient la citadelle.... Toute une armée, comme tu sais, celle du Yun-Nam, autour d'une poignée d'hommes ! Impossible de laisser écraser la garnison qui se défend, là-bas, depuis décembre ! De décembre à mars, compte les jours d'héroïsme, mon cher !

Brière de l'Isle laisse donc Négrier à Lang-Son, et, le 15 février, sans pouvoir prendre un repos crânement gagné, en.route pour Tuyen-Quan, toute la brigade Giovaninelli ! Infanterie de marine, artilleurs, tirailleurs tonkinois et deux bataillons de mes bons turcos. Nous étions éreintés ! oh ! éreintés ! Mais on avait dit la veille au soldat : « Il faut un effort pour prendre Lang-Son ». Le soldat avait fait un effort. On lui disait, le lendemain : « Il faut un effort pour débloquer Tuyen-Quan ». Le soldat faisait un effort. Et gaiement.

Pauvres enfants, ces soldats, troupeau de moutons héroïques allant à la boucherie comme à une promenade! Et quelle promenade! Par la route mandarine, un brouillard à couper au couteau; presque du verglas pour avancer; partout des arroyos.... En quatre heures de marche, on traverse l'eau sept fois.... La nuit vient... il pleut... on attend le jour en grelottant.... A l'aurore, — brr! quelle aurore! — *Bono*, disent les turcos, et en route!

En avant, les fantassins nous taillent des escaliers dans les pentes raides.... On nous dit qu'il y a des tigres, çà et là, dans les montagnes de marbre.... Tant mieux! Voir des tigres, ça nous distrairait!... Et nous marchons, nous marchons, nous marchons.... Il nous semble entendre dans le lointain les cris d'appel de la petite garnison qui se défend avec la brèche ouverte et qu'on égorge. Et quand la fatigue se fait sentir chez nos hommes, un mot, comme un coup d'éperon, les ranime :

— Vous savez, les camarades nous attendent !

Et ces pauvres diables de turcos, donnant leur peau pour les Français, que leurs pères ont combattus, disent alors avec un entrain touchant, montrant en riant leurs dents blanches :

— Oui, oui, camarades ! Camarades ! Là-bas ! En avant !

Et on marche.

Comme c'est drôle, la bêtise humaine ! Une nuit, tous ces malheureux, harassés, n'en pouvaient plus et se traînaient, l'emplacement du bivouac étant loin encore.... Pas un mot.... Rien.... Les hanhans avachis des soldats, alourdis comme des bêtes de somme... le clic-clac monotone des sabres sur les quarts de fer-blanc.... Tout à coup la lune se léve, montre sa lueur rose à travers les nuages, et soudain, de cette longue file d'hommes en marche une voix s'élève, que j'entends encore, avec un accent toulousain, une voix bien timbrée et qui salue ce lever de lune de la vieille chanson du pays :

> Au clair de la lune,
> Mon ami Pierrot....

Et crac, mon cher, à cette vieille chanson du berceau, à ce refrain de mère-grand, les fronts se redressent, les jarrets se raffermissent — en avant! au clair de la lune, mon ami Pierrot — et cette nuit-là, si on l'eût voulu, en chantant on eût doublé l'étape!

Moi aussi, j'avais ma chanson, mon coup d'éperon! Je ne demandais pas à l'ami Pierrot une plume pour écrire un mot; mais j'évoquais Bouddha, le doux Bouddha, le Bouddha qui bouda la petite Mousmée, et je fredonnais le refrain d'Antonia, qui me faisait l'effet d'un clairon invisible. Et pas un moment de fatigue avec la diane et les airs de marche sonnés par cette musique du boulevard! De quoi est fait l'héroïsme, Roger! Si j'avais donné, pendant cette campagne, l'exemple d'une belle mort, tu sais, là, à la Plutarque, l'histoire aurait toujours ignoré que je puisais cet héroïsme dans un petit refrain d'opérette!

> Ah! Bouddha, Bouddha,
> Ah! Bouddha, Bouddha,
> Que tu m'as fait de la peine!

Au clair de lune ou autrement, la colonne avançait toujours. Fin février, nous n'étions plus qu'à huit kilomètres de Tuyen-Quan. Fichu pays : la flottille,

qui nous accompagnait par la rivière
Claire, était forcée, tant il y avait
d'échouages, de traîner parfois ses ca-
nonnières à bras. Nous, dans les hautes
herbes, nous nous coupions les mollets
aux bambous taillés en ciseaux qu'y
avaient spirituellement cachés les Chinois.
Et pas un ennemi visible. On le sentait,
on le devinait partout, aux fossés creu-
sés, à la terre remuée, à ces bambous
affilés comme des rasoirs : on ne le
voyait nulle part. Tout à coup, le
2 mars, des auxiliaires tonkinois, entrés
dans les herbes jusqu'à mi-corps, reçoi-
vent une grêle de balles et voient,
comme des chats-tigres, les Pavillons-
Noirs bondir sur les blessés pour leur
couper la tête....

Nous sommes à Yuoc, en face des po-
sitions vraiment formidables, et très sa-
vantes, mon cher, établies par le vieux

Liuh-Vinh-Phuoc. Entre nous et Tuyen-Quan, entre nos troupiers et les « camarades », l'armée du Yun-Nam, bons soldats dont quelques-uns, ayant juré de mourir plutôt que de reculer, s'étaient fait tatouer au front d'une croix rouge. Et ce sont ces fanatiques et ces combattants de toutes les aventures qu'il faut bousculer, enfoncer, crever, avant d'arriver à la garnison que commande Dominé !

— Allons ! mes enfants, encore un effort !

Un effort ! Toujours un effort ! Taran, taran ! Tarataratata, tarataratata ! La charge sonne. Ran, ran, ran, ran ! Et moi je fredonne *Bouddha !* Ah ! Bouddha, Bouddha ! En avant ! en avant ! Deux fois l'infanterie de marine, bataillon Mahias, attaque les Chinois. Deux fois les Chinois la repoussent. On est à deux cents

mètres de l'ennemi quand la nuit vient.
Deux cents mètres! Et la pluie tombe!
Les hommes râlent dans les herbes. On
allume, pour ramasser les blessés, des
allumettes mouillées.... Quelle nuit,
mon cher! Ce brouillard humide, cette
douche glacée qui délaye le sang dans
la boue piétinée, ces ennemis qui sont
là et qui tirent; le bruit des balles qui
sifflent et de l'eau qui dégoutte; ça ne
s'oublie jamais, ces impressions-là.

Je m'étais avancé assez près des lignes
chinoises, entendant les Pavillons-Noirs
parler de leurs voix gutturales. Tout à
coup, au milieu d'une décharge de fusils,
je reçois sur les pieds une masse qui
roule. Je me penche, croyant à un pro-
jectile.... C'était une tête, une tête cou-
pée de petit paysan de France que les
Chinois nous envoyaient à travers les
herbes comme une menace et un défi.

Ah! je ne le chantais même plus le refrain d'Antonia! J'attendais le petit jour avec une rage sourde, un appétit sauvage de vengeance et de mort. Et le jour arrivé, ce jour gris de mars qui allait éclairer tant de cadavres, vive Dieu! comme nous enlevâmes nos turcos!

— En avant, les Algériens! En avant! Les amis attendent!

· Et à l'assaut! A l'assaut des retranchements chinois! A l'assaut! Il s'agissait d'arracher aux ongles des hommes jaunes les assiégés qui haletaient, attendant nos troupiers comme le Messie. A l'assaut! Elles couraient lestement, les vestes bleu de ciel de mes enfants d'Afrique! Les redoutes, les tuyaux de bambous, les feux croisés, les obusiers, les fusils de rempart, rien ne les arrêtait. Rien. Ils sautaient dans le feu, bondissaient dans l'enfer. Une mine éclate. La terre tremble. Nous avons les poils roussis et les vêtements brûlés. Quarante turcos de ma seule compagnie disparaissent comme dans un cratère de volcan. En avant! en avant! On n'entend pas les cris de mort, tant nos chacals poussent des cris de rage. Les balles sifflent, les boulets ronflent, les fougasses éclatent. En avant! Les turcos sont déjà dans les retranchements, clouant aux fascines de bambous les volontaires au front croisé de rouge, étranglant les Chinois, mordant au sang, comme des loups, ces Pavillons-Noirs qui se défendent comme des lions.... Je n'ai jamais vu motte de terre pétrie de tant de sang!

Et, les retranchements emportés, mes tirailleurs sautent hors des tranchées, poursuivant les Célestes et leur arrachant leurs pavillons à tête de mort…. J'avais, comme eux, la fièvre, la « furia » de cette chasse à l'homme. Tout en avant de mes hommes, revolver au poing, je poussais devant moi la cohue des soldats en déroute, et qui jetaient leurs armes en se retournant pour tirer. Au loin Tuyen-Quan, encore debout, montrait sa silhouette déchiquetée…. A mi-chemin, mon cher, une poignée de Pavillons-Noirs s'arrêta net, dans une sorte de pagode abandonnée et, me voyant maintenant suivi de quelques hommes seulement, ouvrit vivement le feu pour nous couper la marche. Mes turcos étaient enragés. Nous nous lançons dans la cour gazonnée qui précède toute pagode, puis, en trois bonds, dans la pagode même d'où les balles sortaient, et nous voulons en déloger ces vaincus qui n'entendent pas fuir.

Pas de porte à la pagode; du seuil,
nous apercevons seulement un trou noir,
rayé de coups de feu. Nous entrons.
Une fusillade abat à mes côtés trois de
mes hommes, et je pénètre presque
seul dans cette bauge laquée et dorée,
au fond de laquelle, comme des sangliers
forcés, les Pavillons-Noirs nous attendent. Je verrai toujours ce spectacle, je
te dis : des cadavres sur les dallages,
les colonnes avec leurs inscriptions
dorées enveloppées de fumée, des silhouettes bizarres et mêlées de dieux et
d'êtres vivants, tous grimaçants, depuis
ce dieu tout vert que nos troupiers
appelaient le *diable*, jusqu'à des régu-
liers chinois armés et faisant feu; —
et au fond, au milieu de ces idoles pein-
turlurées, et de ces Pavillons-Noirs
adossés aux parois rouges de la pagode,
une statue de Bouddha, un grand Boud-

dha, un Bouddha de la taille d'un enfant de dix ans, et qui flambait, tout entier d'or rouge, sous un rayon de jour entrant par le toit de cette pagode, crevassé par quelque obus.

Du grouillement des Chinois qui nous tiraient dessus, de ces ennemis tapis derrière et nous envoyant leurs coups de fusil presque à bout portant, je ne regardais rien, hypnotisé, que ce Bouddha, là-bas dressé, superbe et m'apparaissant comme dans une gloire. Et — on dit que les gens qui se noient revoient en quelques secondes toute leur vie passée, brusquement, en avalant leur dernière gorgée — la vision du petit hôtel de l'avenue Kléber me traversa la pensée comme un éclair, et l'or rouge du Bouddha évoqua subitement les tresses, teintes au henné, de la chevelure d'Antonia.... Oh! pas longue, du reste, la

vision! Une balle emporta mon casque
blanc, mon *tropical helmet*, et les cinq
hommes que nous étions, entrés dans
la pagode, nous fûmes contraints de
reculer, comme écrasés, encerclés par
les Chinois, qui sortaient de partout, de
derrière ces idoles d'or, grouillaient, nous
enserraient et cassaient la tête devant
nous à un de mes turcos en faisant siffler
leur *coupe-coupe* autour de nous....

Repoussés, mon cher!... Et cette
damnée pagode vomissant littéralement
des Chinois qui nous tiraient dessus, les
trois hommes qui me restaient et moi,
nous nous jetâmes derrière un terrassement abandonné, et — moi à coups de
revolver, mes turcos à coups de fusil —
nous tînmes un moment ces gaillards-
là à distance. Au surplus, traqués dans
la pagode, ils se donnaient simplement
du champ pour fuir. Ils nous avaient

crus tout d'abord plus nombreux, et,
acculés, ils voulaient mourir en tuant....
Nous ayant repoussés, ils continuaient
leur retraite, ralliant les vaincus, vers
les rapides du Fleuve Rouge.

Je les voyais fuir; mais, avec ces
renards-là, il y a toujours un piège à
attendre. L'idée me tenait qu'il en restait encore dans la pagode, à l'affût
pour sauter sur nous.

— Attendons un moment! dis-je à
mes turcos, qui sortaient déjà de l'abri
de terre.

Et l'idée du Bouddha me revenant, le
Bouddha qui avait assisté, paisible, à la
tuerie de tout à l'heure :

— Pourvu qu'ils n'aient pas emporté
le Bouddha!

J'avais à peine dit cela machinalement
tout haut, qu'un petit éclat de rire clair,
un rire d'enfant, partait à mes côtés,

comme une fusée, et qu'un de mes Algériens, — vingt-cinq ans, mon cher, et beau comme un bronze antique, — se dressant sur la crête du terrassement, me disait :

— Tu veux, toi, le Bouddha, mon capitaine?... Tu vas l'avoir!

Et moi lui criant : « Mohammed! Mohammed! je te défends.... » il n'en courait pas moins, bondissait comme un chat vers la pagode, s'enfonçait dans le trou noir, et je le suivais, l'appelant toujours, les deux autres Africains arrivant au pas de course sur mes talons....

Pauvre fou de Mohammed-bèn-Saïda! Il y a, à Alger, une vieille femme, un aïeul et de jeunes frères qui l'avaient accompagné, silencieux et résignés, lorsqu'il s'était embarqué, et qui l'attendent! Ils l'attendront toujours!

J'avais raison de croire que la pagode
n'était pas vide. Autour du Bouddha doré,
quatre ou cinq démons, — des volontaires du Yun-Nam, à la croix rouge, de
ceux qui avaient juré de donner leur
peau, — se tenaient dressés, comme des
dogues à qui l'on veut arracher leur
proie. Un piédestal humain, hérissé,
farouche; et au-dessus, le Bouddha,
accroupi et impassible. Mohammed avait
couru sur eux. Son fusil déchargé, il le
faisait tournoyer, ce fusil, au-dessus de sa
tête rasée, et la crosse lourdement s'en
abattait sur les crânes. — « Attends-nous!
attends-moi! » criais-je. Tout à coup, pendant qu'un Chinois tombé mordait l'Algérien aux jambes, un autre, d'un coup
de côté, dans la gorge, le frappait d'un
coupe-coupe, et je vis le turco chanceler.

J'arrivai sur les Chinois comme Mohammed tombait, et j'entends encore

de sa gorge crevée sortir le flot de sang
rendant le son d'un tuyau qui se vide....
Puis je ne vis plus rien.... Je déchargeai
mon revolver devant moi, au hasard....
Mes turcos enfonçaient leurs baïonnettes
dans les poitrines jaunes.... J'étais fou
de colère.... Il me semblait que c'était
moi, moi qui venais d'assassiner Mohammed-ben-Saïda.

Ce ne fut pas long, ce dernier coup
de collier. Les Chinois assommés ou
éventrés râlaient déjà sur les dalles de
la pagode. Les Turcos, en sueur,
essuyaient sur les tuniques des Chinois
leurs baïonnettes qui fumaient. Et Bouddha, le grand Bouddha doré, souriait à
ces flaques de sang et contemplait ces
morts avec son rictus impénétrable figé
sur ses lèvres pour l'éternité.

Et à deux pas, le cou coupé, la tête à
demi renversée dans une pose presque

comiquement lugubre, Mohammed était
aplati, les yeux agrandis, la bouche de
travers, ses pauvres mains encore ten-
dues vers ce Bouddha qu'il voulait saisir
— pour moi — lorsque le *coupe-coupe*
l'avait à demi décapité. Alors, par une
navrante association d'idées, ce cadavre
du pauvre enfant d'Afrique, cette tête
presque tranchée, me rappelaient le
Bouddha cassé, tombé sur le tapis du
salon japonais, le Bouddha guillotiné
par la colère d'Antonia.... La grande
Stella! Lafertrille! Que c'était loin, loin,
loin! Il me semblait que j'évoquais des
fantômes devant des cadavres.

Tout à coup, mon cher, il se passa
une chose effroyable, hideuse et hé-
roïque. De ce tas de morts chinois, un
être se leva, un Céleste tout jeune, à
demi nu, la poitrine à l'air, avec un
trou de baïonnette dans cette chair de

cuivre, un petit Chinois maigre, avec des yeux embrasés et des lèvres qui tremblotaient, toutes blêmes.... Il se dressa, saignant, s'accrochant de la main droite au piédestal de Bouddha, et sa main gauche crispée nous menaçant encore d'un long couteau recourbé, taché de rouge....

Cette espèce de spectre embrassa, avec une ferveur effrayante, la grande image d'or qui rayonnait, ironique, au-dessus du carnage, et, au moment où un de mes turcos s'approchait pour le repousser, le petit Chinois poussa un cri aigu, suppliant et menaçant à la fois, se jeta entre Bouddha et le turco; un effroi indigné passa sur sa face au jaune blême, et le sang de sa blessure éclaboussant l'or rouge de la statue accroupie, il leva encore, de son bras grêle, sur le crâne du turco, le coupe-

coupe qui avait peut-être, tout à l'heure, décapité Mohammed-ben-Saïda.

Mais, cette fois, l'Algérien, baïonnette en avant, clouait d'un seul coup, pan! le petit Chinois au socle même de la statue, comme un scarabée sur la planchette, et la tête du Céleste se renversa, avec un rauquement court, sur les jambes accroupies de l'idole.

Et il me sembla (j'ai dû me tromper), oui, il me sembla que le petit Chinois, en tombant, en mourant, râlait le nom adoré qui formait le premier vers de la chanson de l'opérette : *Bouddha! Boud...dha!*

Ah! Bouddha! Bouddha!

Hallucination de l'ouïe, évidemment! Mais le regard mourant du petit Céleste était plein d'une clarté étrange. Il mourait heureux et croyant, l'humble héros, fanatique acharné, aux pieds mêmes de

son adoration et, ne pouvant arracher
aux barbares d'Europe le dieu qu'il avait
prié, il lui donnait sa vie. Sa face s'abat-
tit sur le socle, et ses lèvres, ses lèvres
ferventes, cherchaient pour s'y coller,
dans un dernier soupir; les pieds de
Bouddha accroupi.

V

Il était payé cher, le
Bouddha, et comme re-
doré deux fois par le sang
du pauvre Africain et du
petit Céleste. Je vivrais cent ans que
je verrais toujours ces deux cous coupés,
ces deux têtes pendantes, l'une glabre
et crispée, l'autre noire, convulsée,
farouche. Un fils d'Afrique, un enfant

d'Asie et, au-dessus, la statue d'or souriant, immobile, à cette tuerie !

Je fis emporter le Bouddha comme un
trophée, et on l'emballa précieusement
après l'avoir passé à l'éponge mouillée,
car sur son or rouge il y avait des écla-
boussures de sang. Il demeura longtemps en douane, puis, lorsque je reçus
l'ordre de rapatriement, quand on dit
à mes turcos : « Vous allez retourner à
Alger en passant par Paris », je sur-
veillai l'embarquement de la caisse con-
tenant mon Bouddha, le Bouddha qui
avait vu mourir Mohammed et le petit
Chinois, et je fis monter devant moi le
colis portant au coin, sur le bois blanc,
l'étiquette : *Fragile.* Et pendant toute la
route, durant le voyage du retour, je
pensais à la joie, au bon rire, aux batte-
ments de mains d'Antonia, en voyant
arriver, majestueux et grave, dans la

bonbonnière de l'avenue Kléber, le Bouddha pour lequel tant de pauvres gens s'étaient fait égorger.

Aussi, dès mon arrivée à Paris, ah! mon bon Roger, « cocher, avenue Kléber! » Et le Bouddha sorti de la caisse, déballé mais empaqueté et hissé sur le fiacre! Il allait lentement, lentement, ce maudit fiacre!... Moi, je regardais Paris par la portière. Il pleuvait; la pluie me paraissait adorable, saine, pittoresque,... parisienne, c'est tout dire. Finies, finies, les pluies cholériques du Tonkin! Enfin, mon vieux, j'arrive avenue Kléber. Je sonne à la petite porte. Un domestique vient m'ouvrir. Tiens, ce n'est plus Jean! Jean était souriant et accueillant, celui-ci a la gravité d'un notaire.

— Madame est chez elle?

— Je ne sais pas, monsieur; je vais voir!

— Annoncez M. Edmond de Laurière !

— M. de Laurière, bien !

Eh ! non, ce n'est plus Jean ! Jean volontiers m'eût appelé « monsieur Edmond ». Et ce n'est pas Mariette, non plus. Cette bonne Mariette ! J'aperçois, traversant le hall, un autre profil de femme de chambre. Au-dessus de ma tête, j'entends des pas lents et ordonnés : c'est le notaire qui va m'annoncer à Antonia.

— Mais elle ne se précipite pas bien vite pour me sauter au cou, Antonia !...

Et, pour occuper le temps, là, dans le salon d'attente, je dépaquette le Bouddha, je le déficelle, j'enlève le papier qui le couvre et je le vois apparaître, triomphant, doré comme un soleil, avec sa bonne figure paterne, — un peu narquoise même pour un Bouddha qui a vu tant de sang autour de lui. Mon cher, je m'apercevais même qu'il lui en restait

une petite tache au bout de l'oreille, et
j'étais en train de l'effacer, cette tache
rouge — là-bas et devenue noire, — je
l'effaçais avec mon doigt mouillé, lorsque
la porte s'ouvre.... Ah! mon Dieu, ah!
quel battement de cœur.... C'est Antonia!

Antonia! je laisse le Bouddha, je
m'avance vers elle.

C'est Antonia! Oui! c'est Antonia et ce
n'est pas Antonia! Oh! mon cher, grave,
imposante, jolie — de plus en plus jolie,
— mais dans une toilette, une toilette!
Une toilette janséniste, ma parole.... Une
dame de charité, une quakeresse, tout ce
que tu voudras, et sans les cheveux blonds
et le bon sourire, j'aurais hésité!...

— Antonia! ma petite Antonia!

J'allais l'embrasser, moi, à la bonne
franquette. Elle me montre une chaise,
ne dit rien et me reçoit comme une mar-
quise de Marivaux pourrait recevoir

Dorante.... Je croyais, ma parole, que quelqu'un nous épiait et que la petite mousmée jouait un rôle.... Non, non, Roger; transformée, Antonia!... Elle avait pris l'opérette en grippe et recevait des leçons de Madame Plessy pour passer une audition chez Molière! Et quant à nos amours, — oh! envolés nos amours! Pft! plus rien! — Aussi pourquoi s'en aller au Tonkin, mon pauvre vieux, je te le demande?

Veux-tu mon impression exacte? Il me semblait qu'allant rendre visite à Rose Pompon, j'étais reçu par Madame Swetchine.

— Alors, dis-je à Antonia, je... je suis remplacé?

— Remplacé?

Elle n'avait pas l'air de comprendre.

Mais machinalement sa main feuilletait un petit journal de théâtres traînant

sur la table, et, à la première page de
ce *Paris-Artiste*, une photographie s'éta-
lait : celle de Galinet. — Je l'ai vu depuis,
Galinet le comique des Nouveautés, le
successeur de Lafertrille. Il paraît qu'elle
était bonne la photographie du menton
bleu et des lèvres roses de Galinet, car
Antonia, visiblement, la regardait avec
indulgence.

Et si tu savais comme je me sentais
gauche, et bête, et comme j'aurais voulu
m'enfoncer sous terre par une trappe!
Mais ça n'arrive qu'au théâtre les en-
foncements dans les trappes! Je me sentais mieux, beaucoup mieux vraiment,
à Yuoc, sous la pluie et les balles.

Alors l'idée me vint de prendre le
Bouddha entre mes bras et de le mon-
trer à Antonia.

— Eh! grand Dieu! qu'est-ce que
c'est que ça?

— Ça ? Mais c'est Bouddha ! le Bouddha que je t... que je vous ai promis..., le Bouddha qui doit remplacer celui de la rue des Martyrs... le guillotiné !

Et je montrais, sur le marbre de la cheminée, la place même où le Bouddha avait roulé — comme, là-bas, la tête de Mohammed.

Alors Antonia me regarda d'un air indulgent, très indulgent, mais désolant :

— Oh ! mon cher, Bouddha ! C'est si loin, le japonais !... Fini, le japonais ! Démodé la « japonaiserie, le japonisme !... » Vous n'avez donc pas remarqué ?...

En effet, je n'avais pas remarqué....

Son geste me montrait le salon tout neuf, meublé de meubles blancs, Louis XVI, tendu de vieille soie à fleurs jetées, comme une robe à paniers de nos grand'mères !

— Tout du Louis XVI, maintenant, mon cher ! Chaises et tentures copiées sur les appartements de Marie-Antoinette à Trianon ! C'est Achenbach qui l'a voulu !

— Achenbach ?

— De la maison Achenbach, Moser, Lévy et Compagnie !... Il a été tellement étrillé à la Bourse lors de l'affaire de Lang-Son, Dang-Son, Mang-Son, je m'embrouille avec ces noms du Tonkin, qu'il aurait volontiers cassé ou déchiré toutes les chinoiseries, chez moi, ce pauvre Achenbach !... Quand je dis pauvre !

— Et c'est lui qui....

— Qui m'a fait envoyer tout mon japon à l'hôtel Drouot, et m'a meublé l'hôtel style Louis XVI ? Oui. Il prétendait que mon japonisme porte *raille* et que le Louis XVI est bien plus dans ses opinions. J'aime mieux ça aussi, moi ! C'est plus convenable.

Elle se mit à rire.

— Pur Versailles ! faubourg Saint-Germain !

Puis, frappant sur la joue du malheureux Bouddha exilé :

— Remporte ça, vois-tu ! C'est de l'histoire ancienne !

Et, me tendant les lèvres :

— Allons, toi, je t'ai bien aimé, ne te plains pas ! Et quand tu voudras me revoir... en ami....

— Non, merci !

— Non ?

— L'amitié, c'est de l'amour en contrefaçon !

Elle haussa les épaules.

— Comme tu voudras ! Mais je ne té croyais pas si bête !

Puis, tout à coup, regardant en face le Bouddha que j'allais remettre en fiacre et qui me paraissait si piteux,

elle se mit à fredonner l'air d'autrefois,
l'air si souvent chanté, l'air qui, pour
moi, voltigeait comme un chant d'oiseau
au-dessus des balles chinoises :

Ah! Bouddha! Bouddha!
Que tu m'as fait de la peine!

Mais, brusquement s'interrompant et
me regardant là, dans les yeux, — très
franche, sincère peut-être :

— Oh! est-ce drôle! je ne me rappelle même plus les paroles!...

Ah! Bouddha! Bouddha!...

C'est vrai, je ne sais plus!...

Ah! Bouddha! Bouddha!...

Non, non, envolé!... Est-ce drôle!
Est-ce drôle!

— Pas si drôle que ça, lui dis-je, mais
tout naturel. Oh! très naturel! Adieu,
Antonia!

— Adieu !

J'avais déjà mon Bouddha entre les bras, je sortais !

Elle vint à moi, et se penchant jusqu'à mes lèvres, avec le Bouddha entre nous deux :

— Mais embrasse-moi donc, grosse bête !... Ça ne te va pas bien, Edmond, le hâle tonkinois.... Tu es bronzé, bronzé !...

Elle ajouta, gentiment : Reviendras-tu ?

— Oh ! oh ! Il y a entre nous deux, maintenant, ma chère....

— Bouddha ?

— Non, Achenbach !

— Ah ! Tonkinois, va ! Tonkinois !

Et, cette fois, elle me tendit la main, de bonne amitié.

Voilà l'histoire.

Si tu viens chez moi, hôtel de Suez, mon bon Roger, tu verras, sur ma cheminée, le pauvre Bouddha, que je vais emporter, je ne sais où, dans ma vie de garnison.... Si tu le veux, mon Bouddha, il est à toi, tu sais? Il a toujours sa tache de sang à l'oreille, sang du petit turco ou du petit Chinois! Et après tout, çà et là des bibelots ou des Bouddhas tachés de sang, c'est peut-être tout ce que nous aurons rapporté de la terre de Chine! Allons, Roger, viens-tu à l'Hippodrome?

Le turco s'était levé, regardant toujours le boulevard du haut du balcon du cercle.

— Allons à l'Hippodrome, dit l'officier d'artillerie.

Puis sérieusement, de sa voix jeune, habituée au commandement :

— Mon cher, veux-tu que je te dise? Tu n'as peut-être rapporté de là-bas qu'un bibelot de bric-à-brac, mais quand je vous regardais, l'autre jour, à Longchamps, défilant devant tous ces hommes, toutes ces femmes, ce Paris dont le cœur battait; quand je voyais les cols bleus des marins et les vestes bleu clair de tes turcos passer sur l'herbe verte; quand les tambours battaient aux champs pour saluer la croix d'honneur qu'un officier supérieur attachait à la poitrine d'un autre officier, — encore un bibelot et un bibelot taché de sang, cette croix des braves, mon cher; — quand je voyais ça, je me disais que c'est peu de chose sans doute un jour de triomphe pour tant de jours de sacrifices, mais qu'après tout ça vaut bien les périls bravés, et les maladies, et la marche, et le tremblement, cette vibration d'une foule, cette acclamation des tribunes, cette sorte de baiser bruyant de tout un peuple à son armée !...

Ils étaient devenus pensifs.

Derrière les rideaux de guipure des

fenêtres, des silhouettes apparaissaient, se dessinaient, puis s'effaçaient, les hôtes du Cercle : jeunes gens, vieux généraux, allant, venant, causant, contant les campagnes passées, les espoirs futurs.

Les deux amis rentrèrent.

Edmond de Laurière chercha, du regard, un journal qu'il avait, tout à l'heure, posé sur une table, et ses yeux allèrent d'une panoplie d'armes, — sabres en rosaces entrelacées de pistolets, crosses et lames étincelant sous la lumière d'un lustre, — à une grande carte de France, qui tapissait presque tout un pan du petit salon.

Alors il s'arrêta.

Et sur cette carte géante, montrant du doigt vers l'Est une large marque noire qui semblait comme une plaque de deuil, comme la plaie d'une chair arrachée :

— Tout ça, c'est très bien, dit l'officier de turcos; mais, vois-tu, ça ne bouche pas ce trou-là !...

Et il descendit vers l'avenue de l'Opéra, fredonnant encore machinalement, tout en allumant un nouveau cigare :

Ah ! Bouddha, Bouddha,
Mon petit Bouddha,
Que tu m'as fait de la peine !

www.ingramcontent.com/pod-product-compliance
Ingram Content Group UK Ltd.
Pitfield, Milton Keynes, MK11 3LW, UK
UKHW022327070726
13614UKWH00002B/999